OMOWAZU KANGAECHAU by SHINSUKE YOSHITAKE
Copyright © 2019 SHINSUKE YOSHITAKE
Original Design © Kenji Asazuma
Korean translation copyright ©2020 Gimm-Young Publishers, Inc.
All rights reserved.
Original Japanese language edition published by SHINCHOSHA Publishing Co., Ltd.
Korean translation rights arranged with SHINCHOSHA Publishing Co., Ltd.
through Danny Hong Agency.

나도 모르게 생각한 생각들

요시타케 신스케 지음 | 고향옥 옮김

온다

이야기를 시작하며

안녕하세요.
일러스트레이터이자 그림책 작가
요시타케 신스케라고 합니다.
이 책을 손에 들어주셔서 감사합니다.

왼손잡이랍니다.

1.

먼저 이 책에 대해 설명을 드리죠.

바쁘실 텐데,
미안합니다.

2.

그림책에 그림을 그리고
일러스트 작업을 하고 있는 저는,
그동안 사람들 앞에서
이야기를 할 기회가
더러 있었습니다.

강연회 비슷한 거죠.

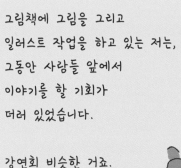

3.

그런데 그게 마음과 달리 잘 안 되더군요.
예정 시간보다 빨리 끝나는 일이 종종 있었습니다.

4.

그런 일에 대비해서 세워둔 작전이
'평소에 내키는 대로 그린
일러스트(스케치)를
몇 장 보여주면서
그에 대해 설명을 한다.'는
것이었어요.

으음...
일단 이걸
보십시오.

5.

그런데 들으시는 분들이 강연보다
그 시간을 좋아하실 때가 많더군요.
해서 그 부분만 모아 이렇게 책으로 만들게 된 것입니다.

마지막에 한 게
재밌었어요.

마지막 건
재밌던데요.

6.

저는 긴 글을 잘 쓰지 못합니다.
이 책은 청중 앞에서 이야기한 것이며,
편집자 앞에서 이야기한 것을 글로 옮겨놓은 것입니다.
이른바 '녹취를 풀어 책으로 낸' 것이죠.

이 스케치는 말이에요.

녹음 중

다시 말해, '요전 날에 이런 스케치를 했습니다.
이런 일이 있어서요. 이런 생각을 해서요.'라는
스케치 해설인 거죠.

그러니까
순서에 상관없이
읽어도 돼!

보라고!

그렇다면 '늘 그리는 스케치란 게 대체 뭔데?'라고
생각하실 것 같은데요.

저는 평소에
늘 스케줄 노트를 가지고 다닙니다.

9.

그 스케줄 노트 뒷부분을
메모지로 쓰면서
거기에 있었던 일, 없었던 일,
'무심코 떠오른 생각'을
그려두는 버릇이랄까,
습관 같은 게 있지요.

아들하고
놀면서

전철을 기다리면서

일을
내팽개치고

10.

메모가 많아지면 그것만 떼어 일단 보관해둡니다.

많이 그리는 날도 있고,
한 장도 그리지 않는 날도 있습니다.

행복할 때는 한 장도 그리지 않고,
스트레스가 있을 때 많이 그리죠.

11.

나중에 다시 보면
그때 뭔가를 보면서 무슨 생각을 했는지,
어떤 망상을 했는지 기록돼 있어서
일러스트나 그림책의 아이디어가 되는 일도
많습니다.

내일 마감이니까
이 소재를 쓰자!

고맙다!
옛날의 나!

그래, 좋은 게 떠올랐어! 하고 좋아했다가
지난해에도 똑같은 그림을 그린 걸 알고는
맥이 탁 풀린 적도 있습니다.

12.

남에게 보여줄 만한 내용도,
뛰어난 완성도 아니지만,

그런 즉흥적인 생각과
종잡을 수 없는 내용을
그대로 남에게 보여주다니,
실례가 아닌가?

아, 네.

지당하신 말씀입니다.

문구점 필기구 코너에서
무심결에 자기 이름을 썼다가 허둥지둥 지운 듯한
흔적을 보면 슬며시
미소 짓게 되지 않나요?

그런 따뜻한 마음,
가벼운 마음으로
'흠. 그런 사람도 있군.' 하며
읽어주시면
고맙겠습니다.

그럼,
책 속으로 들어가실까요?

제2장 아빠라서 생각한 생각들

제3장 졸릴 때까지 생각한 생각들

이야기를 마치며 158

아, 치약을
그렇게 짜는구나···

제1장

나도 모르게 생각한 생각들

　요전에, 장을 보러 마쓰키요에 갔는데 말이죠. 그 왜 계산 끝낸 물건을 장바구니에 담는 곳이 있지 않습니까?

　거기에 '자유롭게 사용하세요.'라는 안내문이 붙은 상자 같은 게 있더군요. 안에는 영수증이 버려져 있고요. 이게 뭔가 싶었죠.

　이걸 대체 뭐에 쓰라는 거지?

　도무지 알 수가 없더군요. 원래 안에 전단 같은 거라도 들어 있었나?

아마 앞선 손님이 쓰레기통으로 쓰면 되겠다고 생각했을 거고, 그 손님이 버린 구겨진 영수증이 한 장 들어 있었던 거겠죠.

그걸 봤을 때 엄청나게 시험당하는 기분이 들면서 위험하구나 싶더군요. 어디선가 누군가 저를 지켜보는 것만 같아서 말이죠.

"자, 자유롭게 사용하면 돼요. 어떡할 거죠?"

"요시타케 씨, 이걸로 뭐 재밌는 거 할 건가요?"라고 시험당하는 기분이 들었던 거예요.

'자유롭게 사용하세요.'라고 쓰여 있긴 한데, 기껏해야 천냥백화점에서 팔 법한 상자더군요.

그런데 새삼 생각해보면 우리네 인생도 신으로부터 부디 그 몸을 자유롭게 쓰거라, 라는 말씀을 듣고 이 세상에 태어난 거잖아요.

여러분, 사실 그 상자는 스스로 알아서 많은 용도로 사용할 수 있었을 텐데, 영수증 같은 게 버려져 있었던 것입니다.

자유란 뭘까, 하고 마쓰키요 계산대 뒤에서 내내 생각해보다가 다시 그 상자를 보고 딱 멈췄습니다. 곰곰 생각해보니 세상의 물건은 뭐든 자유롭게 쓰면 되는 거다 싶더군요.

자유에 대해 생각하게 해준 한 컷입니다.

···넌 자유롭니?

꾹
꾹

손가락을 적시는
스펀지

후지산
도둑 촬영

후지산 도둑 촬영이라는 그림을 그린 건데요.

어느 역에 갔을 때, '도촬에 주의하세요.'라는 안내 문구를 본 적이 있습니다. 스마트폰 같은 것으로 치마 속을 도촬하는 사람이 있으니 주의하라는 듯한 그 문구를 보고 도둑 촬영이란 게 뭘까 생각해봤어요.

곰곰 생각해보니 전부 도촬이더군요. 후지산을 찍을 때는 딱히 후지산이 양해해주는 것도 아닐 테니 말이죠. 그렇다면 전부 도촬이구나 싶었던 겁니다.

　그런데 말이에요, 또 다른 생각이 떠오른 겁니다. 상대의 양해를 얻지 않으면 도둑 촬영이지만, 후지산이 무슨 불만을 제기할 리도 없잖아요. 아, 그러면 후지산의 경우는 도촬이라고 할 수 없겠구나. 그런 생각을 두루두루 했더랬죠.

　그런 생각을 하는 것이 평소의 일러스트 작업이나 그림책 작업을 할 때 도움이 되는 일도 있습니다. 정말로 어쩌다 한 번이지만 말이죠.

주로 쓰는 손의 손톱은
깎기 힘들다.

주로 쓰는 손을
쓰지 못하기 때문이다.

주로 쓰는 손의 손톱은 깎기 힘들다는 것도 얼마 전에야 알았습니다.

저는 왼손잡이라 왼쪽 손톱을 잘 깎지 못합니다. 여러분도 경험하지 않았을까 싶은데, 그건 쓰는 쪽을 쓰지 못하기 때문이죠. 오른손잡이인데 오른손으로 깎아야 하니까요. 저는 왼손으로 뭐든 척척 할 수 있는데 왼손의 손톱만은 잘 깎지 못합니다.

너무 가까워서 할 수 없는 것이 많습니다.

마찬가지로 교육 현장에서도 부모라서, 선생님이라서 할 수 없는 일도 많이 있지 않나요? 사실 그리 어려운 일도 아닌데 말이죠. 주로 쓰는 손의 손톱을 깎기 힘든 것처럼 너무 가까워서 어려운 일로 여겨지게 되는 거구나, 하고 생각했습니다.

가장 더럽지
않은 부분이
어딜까?

외출해서 가게 화장실을 이용할 때의 이야기인데요. 왼쪽 그림과 같은 형태의 변기밖에 없을 때, 남성은 소변을 보려면 변좌를 전부 들어 올립니다. 뚜껑과 앉는 용도의 것, 그 두 가지를 다 올려야 하는 거죠. 여성분들은 좀 상상하기 어렵지 않을까 싶기도 하지만 말입니다.

이럴 때 어디를 잡고 뚜껑을 열어야 하나, 순간적으로 무지 고민하게 되죠.

가장 더럽지 않은 부분이 어디지?

엄청 더러울 텐데, 다른 이들은 이얍! 하고 기합이라도 넣고 들어 올리는 걸까요?

또 볼일을 보고 나서 손을 씻은 후에, 문 어느 부분을 잡고 열어야 하는지, 그것도 왠지 신경 쓰이지 않습니까?

헉! 깨끗이 씻은 손으로 이 손잡이를 만져야 하는 건가, 하고 말이에요.

예컨대 이런 상황이죠. 다음 장의 그림처럼 이렇게 내려서 여는 타입이라면 아마 맨 끝부분을 잡는 게 힘이 덜 들어갈 테니 모두 그쪽을 잡지 않을까, 그래서 사람들이 비교적 덜 만진 안쪽을 공략하려니 여긴 또 힘이 꽤 필요한 거예요. 역시 잘 열리지 않더군요.

오히려 더욱 꽉 잡아야 하니 안쪽이 더 더럽지 않을까 싶었습니다.

이렇게 화장실에서 나오는 데도 시간이 걸립니다.

그럼 가장 더러운 곳은 과연 어디일까?

더럽다는 건 대체 뭘까?

나도 모르게 그런 것까지 생각해버리니, 화장실에서 나오는 게 점점 더 어려울 수밖에요.

꽉? 꽉?

이런 타입은?   이런 타입은?

모두가 만져서
더러운 건가?
아니면,
모두가 만지지 않아서
더러운 건가?

아 뭐,
별로
상관없습니다.

걱정거리를
흡수하는 종이

이런 상품이 나오면 좋겠다, 라는 생각이 요전에 퍼뜩 떠올랐습니다. 걱정거리를 흡수하는 종이.

기름종이란 거 아시죠? 그 비슷하게 생긴, 이마에 척 붙이면 걱정거리를 흡수하는 종이 말입니다.

이렇게나 묻어 나왔네, 애고 더러워라, 하고 생각하겠죠.

그런 상품이 있다면 살 텐데.

늘 가방 속에 넣고 다니고 싶을 텐데 말이에요.

목욕하고 나면 몸이 개운해지잖아요? 생각해봤는데요, 불쾌함 같은 건 몸 내부가 아니라 외부에 달라붙는 성질이 있는 게 아닌가 싶더군요.

목욕으로 몸 외부를 리셋하는 건, 단순히 육체적인 더러움을 없앤다는 의미만은 아니지 않을까. 몸을 씻으면 기분도 상쾌해지잖아? 침울함 같은 감정은 몸의 외피에 잘 달라붙는 게 아닐까. 아하, 그렇구나!

걱정거리나 불안은 몸의 외피에 달라붙을 거라는 생각이 점점 확고해져서 지금에 이르렀습니다.

그러니까 걱정거리를 흡수하는 종이. 이거, 누가 좀 만들어주면 좋겠습니다.

척

이렇게나
묻어 나왔어.

내일 할 거야,

왕창 할 거야.

요즘 이 말이 썩 마음에 듭니다. 무슨 일이 있을 때마다 마음속으로 몇 번이고 중얼거리는 말입니다.

여러분, 편리한 말이니 오늘 이거 외워두시기 바랍니다.

내일 할 거야. 왕창 할 거야. 이 말을 큰 소리로 세 번 외치고 잡니다.

내일 왕창, 내일 왕창 할 거야.

하지만 오늘은 그만 잘 거야.

스스로에게 응석 부릴 때 참 편리한 말입니다.

'내일 할 거야'만으로는 안 됩니다. '왕창 할 거야'가 지금의 나를 좀 더 편안하게 해주는 키워드니까요.

요즘, 이 말이 썩 마음에 듭니다.

그때그때
그 자리에 없는 사람을
나쁜 사람 만들면서

어떻게든
헤쳐 나가자고요.

그때그때 그 자리에 없는 사람을 나쁜 사람 만들면서 어떻게든 헤쳐 나가자, 라는 말을 하는 모양입니다.

사회생활을 하는 분들은 다들 아실 테지만 그게 바로 직장 생활을 잘하는 능력일 테죠.

분위기를 험악하게 만들고 싶지는 않고, 그렇다고 그 많은 싫은 것, 수긍할 수 없는 것에 눈감을 수도 없고…….

그 자리에 없는 사람을 어떻게든 나쁜 사람으로 만들어 뒷담화 하고, 그가 돌아오면 또 다른 이의 뒷담화를 하면서, 어떻게든 오늘도 무사히 집으로 돌아갈 수 있는 게 목표라면, 뭐 그럭저럭 좋지 않을까요.

결국 인생이란 이런 게 아닌가, 하는 생각을 해봤습니다.

오냐 오냐 하다가 언젠가

이 애한테 잡아먹히지.

오냐 오냐 하다가 언젠가 이 애한테 잡아먹히지.

저 자신이 아마 이런 일을 당하지 않을까 싶어서 그려본 겁니다.

저는 혼나는 게 끔찍이 싫지만 혼내는 것도 싫어합니다. 혼내는 것을 싫어하니 혼내야 할 때 혼내지 못하는 일도 있죠. "괜찮아, 괜찮아. 그 정도면 됐어."라고 말해버립니다.

중요한 건, 그러다 보니 일할 때도 아이가 저한테 어리광을 부리는 거예요. 그냥 귀찮아서 "그거면 됐어, 그거면 충분해."라고 했을 뿐인데, 죄다 저 자신에게로 돌아옵니다, 결과적으로.

'남에게 인정을 베풀면 반드시 자기 자신에게로 돌아온다.'라는 속담이 있습니다. 상대에게 친절을 베푸는 것은 상대를 위해서가 아니라 돌고 돌아 자신에게로 돌아온다는 기분 좋은 말이죠.

완전히 같은 의미로, 남을 응석 부리게 한다는 건 결국 자신을 응석 부리게 하는 것과 같아요. 계속 남을 응석 부리게 하면 그것이 반드시 자신의 목을 조른다는 말이 굉장히 공감이 되더군요. 저는 여러 사람을, 가족을, 세상을, 사회를 응석 부리게 하는 것 때문에 결국은 잡아먹히는 날이 오리란 걸 막연히 각오하면서 살고 있습니다.

더 이상 너무 자세히는 말하지 않겠습니다.

어떻게든
후회하게 하고 싶지만

그런 섬세함은
기대할 수 없다.

이런 날도 있습니다.

어떻게든 후회하게 하고 싶은데, 그런 섬세함은 기대할 수 없어, 라고 부르짖고 싶은 날.

누군가에게 혹독한 일을 당했을 때는 어떻게든 상대에게 똑같이 혹독하게 앙갚음해주고 싶은 것이 사람의 마음이죠. 그럴 수 없다면 적어도 어떻게든 놈에게 '내가 상대에게 몹쓸 짓을 했어.'라고 생각하게 만들고 싶군, 어떡하면 상대가 후회하게 될까, 이런 생각을, 매일 잠이 들 때까지 몇 시간이고 하는 날도 있습니다.

퍼뜩 깨닫게 되는 건, 놈은 그런 후회 따위 하지 않을 거라는 무력감.

그 사람에게는 아마도 후회라는 복잡한 마음의 구조가 없으리라는 것. 그래서 이 계획은 좌절되거나, 아니면 변경할 수밖에 없다는 것.

뭐, 상대가 후회하길 기대하긴 어렵지. 하지만 했으면 좋겠어. 그런 무한 반복에 돌입합니다.

　그 때문에 통 잠을 못 이루지만 뭐 그런 밤도 있는 거지, 그런 이야기입니다.

그만
벗어도 될까요?

이건 저 자신도 잘 생각해내지 못하는 종류의 그림입니다. "그만 벗어도 될까요?"라고 말하지만 그렇다면, 그럴 것을 애초에 왜 입었느냐고요.

분명 그러한 상황으로 떠올랐던 건데……. 왜 떠올랐는지, 이 사람이 누구인지도 통 모르겠거든요.

그런데 새삼 다시 보니, 제가 좋아하는 한 컷 만화의 상황과 닮았네요.

사실 이 사람은 옷을 입고 싶지 않았던 거고, 입은 지 어느 정도 시간이 지난 후에 지체 높은 손윗사람에게 묻고 있는 거구나. 위의 대사 한마디로 그런 상상을 할 수 있겠죠.

그림을 그린 이유는 생각나지 않는데, 그때 저는 뭔가를 보았을 겁니다. 무슨 계기가 있었을 거예요. 아마도 재미있는 차림을 한 사람이 있었을 거고, 그가 한마디 한다면 무슨 말이 재미있을까, 혹 이 말이 아닐까 생각했겠죠.

"그만 벗어도 될까요?"

이 한마디만으로, 그림 밖에 적어도 한 명이 더 있다는 게 됩니다.

소설가 헤밍웨이가 술집에서 술친구와 내기를 했던 적이 있대요. 친구에게 "자네는 이야기 만드는 일을 하니 여섯 단어로 이야기를 만들 수 있겠나?"라는 질문을 들었다고 합니다. 그는 그 자리에서 이야기를 만들어내 내기에서 이겼다는 일화가 있습니다.

헤밍웨이가 만들었다는 이야기는 'For sale: baby shoes, never worn.'이라는 여섯 단어로 된 문장이었죠. 번역하면 '팝니다, 아기 신발, 미사용'. 이렇게 한 문장을 만들었는데, 나이가 들어 헤밍웨이는 '그것이 나의 최고 걸작이다'라고 했다고 하네요.

요점은, 최소한의 조건으로도 뭔가를 표현해내는 것.

"헐!"이라는 공격 거리가 있는 그림을 많이 그리고 싶습니다. 맥락 없지만, 왠지 그런 게 좋습니다.

나의 빨대 껍질

아내의 빨대 껍질

나의 빨대 껍질과 아내의 빨대 껍질이 완전히 다르다는 걸 며칠 전에 발견했죠.

종이로 된 봉지에 빨대가 들어 있지 않습니까, 가늘고 긴 놈 안에. 저는 말이죠, 거기서 빨대를 숙 하고 얌전하게 꺼내고 봉지는 작게 꾹꾹 접거든요. 왠지 빨대 껍질만 보면 그렇게 접고 싶답니다. 하지만 아마도 많은 분들은 구깃구깃해진 껍질을 그대로 둘 겁니다.

물론 좋고 나쁘고의 문제는 아니에요. 하지만 저는 어느새 상대의 빨대 껍질을 물끄러미 보고 있고, 아까부터 금방이라도 날아가버릴 것 같은 너풀너풀한 종이 껍질이 신경 쓰여서 견딜 수가 없는 거예요.

그런데 말이에요, 세상에는 그런 게 전혀 신경 쓰이지 않는 사람이 있고, 그런 사람과 결혼까지 하게 되더군요. 이러한 인생의 오묘함에 새삼 감동하기도 합니다.

하루는 어느 편집자님과 이야기를 나눴죠.

한 팩에 세 개 묶음인 요구르트가 있지 않습니까. 이걸 하나 먹고 두 개가 남았기에, 밑에 종이 받침째 그대로 냉장고에 넣어뒀죠. 만일 두 개를 먹고 하나가 남았을 때는 그 종이 받침을 어떡하나, 하는 문제가 생기더군요.

그런데 그 편집자님이, 이분은 엄청 반듯한 분인데, "그야 뭐 하나를 먹고 나서, 그러니까 두 개 남았을 때 버리죠."라고 말하는 겁니다.

저도 그 의견에 찬성합니다.

요구르트를 사오면 세 개가 나란히 포장돼 있죠. 하나를 먹으면 두 개가 남는데, 세 개를 나란히 포장하기 위해 넣어두는 종이 받침이 그대로 남아 있는 게 저는 도무지 용납되지 않아요.

하지만 제 아내는 마지막에 달랑 하나 남았는데도 종이 받침을 떡하니 그대로 두는 겁니다. 이야, 세상 참 넓다고 해야 하나, 이렇게 가까이서 서로 다른 걸 몰랐나 싶기도 하고.

하긴 나에게 먼 곳, 나와 거리가 먼 물건은 굳이 세상 반대

편까지 가지 않더라도 우리 집 냉장고 안에도 가득 차 있는 걸요.

나와 거리가 먼 것들이 실은 가까운 곳 여기저기에 굴러다 닌다는 사실을, 빨대 껍질 하나를 보고 생각하게 됩니다.

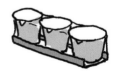

세상을 욕하면서,

그럭저럭
행복하게 살아왔습니다.

세상을 욕하면서 그럭저럭 행복하게 살아왔습니다, 라고
말할 수 있는 것이 이상적인 노후가 아닐까 싶습니다.

일상적으로 세상을 욕하면서 하루하루를 지낸다는 건 가
장 즐거운 오락거리가 남아 있다는 의미일 테니까요.

뭐든 다 손에 넣은 사람이 맨 마지막에 뭘 하는가 하면, 역
시 주위 사람의 험담이더군요.

사람은 아무리 만족스러운 상태일지라도 저도 모르게 뭔가 부족한 점을 찾게 되죠. 뭔가에 대해 불만을 터뜨리고 싶은 거죠. 그게 인간의 본성일 테니까요.

늘 모든 것에 만족할 수는 없습니다. 어딘가에서 부족한 부분을 찾아내고, 그것이 신경에 거슬린다면, 그 부분에 대한 자신의 업(業)이 그만큼 크다는 증거가 아닐까 싶습니다.

그런 까닭에, 이웃의 뒷담화를 할 수 있는 사람은 세상에서 가장 행복한 사람일 겁니다. 그 외의 것이 전부 만족 상태일 테니까요. 이웃의 뒷담화 정도밖에 떠오르지 않는다는 것은 상당한 달관의 경지에 올랐다는 의미일 테니까요.

정작 본인은 전혀 그리 생각하지 않을지도 모릅니다. 하지만 곰곰 생각해보면, 왠지 그렇지 않을까 싶은 거죠.

일곱 시는 양말 같다.

이건 얼마 전에 생각한 거예요.

아침에 일어났는데, 시계에 양말이 붙어 있는 것처럼 보이더군요. 자세히 보니 일곱 시였습니다. 아, 일곱 시는 양말 같구나 생각했어요.

이런 생각을 하는 내가 귀여운걸, 하는 생각도 들었답니다.

그래서 어쩌라고? 그리 말씀하신다면 제가 무안해지지만 이런 소소한 발견도 중요할지도 모른다는 이야기랍니다.

겸허함을 유지하는
크림

듬뿍
바릅니다.

겸허함을 유지하는 크림이란 게 있다면 하나 갖고 싶군요. 듬뿍 바르고 싶기도 하고 말이죠.

화장품이란 거, 재미있지 않나요? 여성분들은 여러 종류를 바르지 않습니까.

활력이 철철 넘치는 신디 로퍼라는 미국 가수가 있는데요, 이분이 나이가 꽤 많아요. 한번은 잡지 인터뷰에서 "정열적으로 활동하시는데, 젊음의 비결은 뭡니까?"라고 묻자, "얼굴에 온갖 크림을 떡칠해요."라고 대답했더군요. 참 멋지구나 싶었죠.

말 그대로, 그 이상도 그 이하도 아닌 그 대답이 굉장히 멋지다 싶었습니다.

만약 온갖 크림 중에 피부에 윤기뿐 아니라 마음의 겸허함까지 유지해주는 제품이 있다면, 나도 그 크림을 바르고 싶다는 그런 생각을 해봤어요.

또 나왔습니다.
요시타케입니다, 안녕하시죠.

'말'이 먼저 떠오르는 경우와
'그림'이 먼저인 경우.
두 가지가 있습니다.

왜 이런 스케치를
계속하고 있느냐면요,
거기엔 두 가지 이유가 있습니다.

운전 중에 뭔가 떠오를 때면
스케치를 할 수 없으니
참 난감하답니다.

1.

하나는, 그려두지 않으면 잊어버릴 정도로 별것 아닌 일들을
기록해두고 싶은 욕심이 있기 때문입니다.

아! 저 아저씨,
길을 알려주긴 하는데
전달이 잘 안 되는 것 같은데!

정말 별것 아닌 일이지만
왜지 재미있으니까
스케치해둬야지!

2.

하루하루 살다 보면,
99%는 별것 아닌 일이어서
일일이 기억할 의미도 가치도 없지만,

다리는 의자 밑에서
어떻게 놓여 있는가, 라든가

아르바이트 면접 중인
사람의 등줄기는 얼마나
펴져 있는가, 라든가

저 시계는 언제부터
기울어져 있지? 라든가

3.

그 별것 아닌 것 속에서 실은 '그 사람다움'이라든가
'인간다움'이 배어 나오게 되므로, 그 편린을 모아보면
뭔가 보이는 것도 있지 않을까.
막연히 그런 기대를 하는 거예요.

이거
굉장한걸!

에잇,
진짜 별거
아니었잖아!

마음속
쓰레기 집!

쉽게 말하자면,
궁상떠느라 물건을 버리지 못하는 거나 마찬가지죠.

4.

2장은
아이를 키우면서 깨달은 것들을
중심으로 정리했습니다.

자, 읽어보실까요.

제2장

아빠라서 생각한 생각들

열 재는 중

처음엔, 보시는 대로입니다. 열 재는 중.

체온계를 꽂으니 옷이 볼쏙 나오더군요. 그 모습이 귀여워 그대로 그려봤습니다.

옷을 벗으면 이런 모습이고요.

아들의 머리를
감기다 보면,

어김없이
하품을 한다.

    저희 집 큰아들은 어릴 때 머리를 감겨주면 도중에 꼭 하품을 하더군요. 머리를 만져주니 나른해지면서 잠이 왔나 봅니다.

    다른 집 아이는 어떤지 물어보고 싶어서 그렸습니다.

지금뿐인데,
이 시간이 아까운데

소중히 여기지 못한다.
다정히 대하지 못한다.
왜일까······.

이런저런 일로 조바심을 내다 보면 아이에게 다정히 대하지 못하게 되어서 엇, 그럼 안 되는데, 라고 생각하는 일이 있지 않은지요? 저는 종종 있습니다, 그런 일이.

등지고 있는 게 접니다. 제 작업실에 아이가 이따금 들어옵니다.

뭔지 모르지만 굉장히 재미있는 얘기를 하는데, 제가 작업 중이거나 일이 여럿 겹쳐서 마음이 조급해지면 아이에게 냉정하게 대하게 돼요. 그러곤 나중에 꼭 이렇게 후회하죠.

이거 지금뿐인데, 아까운데, 소중한 줄 모르고 다정히 대하지 못했어, 왜지? 라고요. 지금밖에 없다는 걸 너무 잘 아는데 말입니다. 제가 그걸 즐길 여유가 없는 거예요.

그래서 지금에야, 그때 몰라줘서 미안해, 라고 생각하는 거예요. 당시엔 정말로 욱하고 화가 치밀었지만.

분명히 존재하는, 그 어찌할 수 없는 감정. 이게 계속 쌓이면 정말로 좋지 않지만 바로 그 부분이 'The 육아'인 거죠.

벌거숭이 안전띠

벌거숭이 안전띠가 무슨 말인가 하면, 며칠 전에 온 가족이 차로 외출을 했는데 아이들이 강가 같은 데에서 놀다가 흠뻑 젖었습니다. 그런 곳에 갈 계획이 없었던 터라 여벌을 챙겨가지 않았죠. 그런데 옷이 젖었으니 아내가 "옷 입은 채 차에 타지 마."라면서 "너희들 다 벗어. 그대로 집에 가자." 하더군요. 그때 그린 한 컷입니다.

운전하다 궁금해서 뒤돌아봤는데, 벌거숭이가 된 채로 안전띠를 한 모습이 신선하더군요. 벌거숭이 앞치마란 말은 들어봤어도 벌거숭이 안전띠는 처음이네, 라고 생각했죠.

그 상태로 집까지 왔습니다.

아이들은 옷이 젖으면 홀라당 벗을 수 있다는 것도 참 굉장합니다. 아이들이기에 가능한 일이겠죠.(우리 집은 둘 다 사내아이니까요.)

신발 한 짝이 툭 떨어졌어요.

신발 한 짝이 툭 떨어졌어요. 길에서 엄마가 어린 남자아이를 안고 걸어가는데 신발이 덜렁, 덜렁, 툭.

엄마는 신발이 떨어진 걸 몰라요. 아이는 알고 있고요. 하지만 아직 말을 못 하는 거죠. 사건이란 의식도 없고요.

그래서 툭 떨어진 채로 점점 멀어지는 자기 신발을 계속 보고 있는 거예요. 무슨 일이 일어났는지 모르고 말이죠. 어어, 하고 계속 눈으로 좇으면서 점점 더 멀어져 가는 거죠.

저는, 아 떨어졌는데, 라고 입속말을 하면서 계속 시선을
그쪽에 두었습니다.

신발 떨어졌어요, 라고 당장 말해줘야 한다고 생각하면서
도 한편으로는 아까웠던 겁니다. 나중에 말해도 늦지 않으니
좀 더 보고 있고 싶어서요. 아름다웠거든요.

멀어져가는 엄마와 아이 그리고 남겨진 신발 한 짝.

아이를 키우다 보면 종종 신발 한 짝을 잃어버리기도 합니
다. 바로 그 잃어버리는 순간을 처음 목격하게 된 거예요. 언
제 잃어버리는 거지? 아하, 이럴 때 잃어버리는구나. 그렇게
의문이 해소된 겁니다. 사건이 일어난 그 순간, 그 생생한 현
장을 봤으니까요. 아주 좋은 장면이었어! 그런 뿌듯한 감동
으로 그린 것입니다.

아, 그 신발은 다른 분이 발견하고 무사히 주워줬답니다.

하나씩
떼어서
먹여줘.

이 장면도 참 좋았습니다. 둘째 아이가 감기에 걸렸어요.
마스크를 하고 누워 있었죠, 그림에서는 내리고 있지만.

"귤 먹을래?"

"응, 먹을래."라고 대답하기에 껍질을 까서 통째로 건넸더
니, "하나씩 떼어서 먹여줘."라는 거예요. 한 조각씩 떼어달
라는 겁니다.

저는 알아서 먹으라고 할 작정이었는데, 아이가 갑자기 아
픈 시늉을 하는 거예요.

사실 기운은 벌써 차렸거든요. 그런데도 기회는 이때다 하
고 더욱 매달리면서 하나씩 떼어서 먹여달라는 겁니다. 아이
같은 마음이랄까, 그 잔꾀 부리는 모습이 재미있더군요.

가루약

물

둘째 아이가 감기에 걸렸을 때 그린 또 다른 컷.

처방받은 가루약을 들고, "약 먹자."라면서 입 안에 가루약을 털어 넣어주고 페트병째로 물을 먹였어요. 아이가 물을 마시고 난 뒤, 페트병 속의 물은 그야말로 스노 글로브처럼 뿌예졌더군요.

입 안에 있던 꽤 많은 분량의 물이 다시 나온 겁니다. 이 일련의 모습을 보면서 굉장하다 싶었습니다.

언젠가 어린아이가 마신 물을 돌려가며 마실 때였는데,

스노 글로브

어떤 어머니가 "우리 애가 마신 뒤엔 먹고 싶지 않다니까요."라고 말하더군요.

그 심정, 알 것 같다 싶었는데 가루약을 먹일 때 마침내 실제로 드러났습니다. 흐음, 다른 때도 이만큼 도로 나왔겠구나 싶더군요.

아빠,

응가
묻었어?

팬티를 벗고, 벌러덩 드러누워 엉덩짝을 활짝 벌린 채로 "아빠, 응가 묻었어?"라네요.

헉, 이런 쇼킹한 장면이!

어린아이는 참 대단합니다. 그 거침없음, 그 무방비함. 이 또한 어른들은 절대로 할 수 없는 일이죠. 몸은 또 얼마나 유연한지.

"응가 묻었어?"라고 묻는 천진난만함. 이건 정말이지 그리지 않을 수 없더군요.

아이구!
다쿠마, 입 주위가
케첩
범벅이잖아!

결혼 전엔, 쇼핑몰 안에 있는 푸드 코트를 엄청 싫어했습니다. 왠지 소란스럽고 어수선해서 말이죠. 그런데 아이가 생기고 자주 가게 되면서 아주 좋아하게 됐습니다.

모두가 뒤죽박죽이고, 모두가 시끄럽기 때문에, 가족이 함께 가면 도리어 안심이 되더군요.

그런데 평범하게만은 보이지 않는 한 노랑머리 여성이 아이에게 햄버거인지 뭔지를 먹이다가 "아이구! 다쿠마, 입 주위가 케첩 범벅이잖아!"라고 야단치는 거예요. 아이의 입을 쓱 닦아주면서요. 흘끗 보니 그 여성의 입 주위에도 케첩이 잔뜩 묻어 있는 겁니다.

그 엄마에 그 아들이구나 싶더군요. 케첩 범벅이 된 입으로 야단치면서, 케첩 범벅인 아이의 입을 닦는다니. 히야, 노랑머리가 잘 어울리는 상냥한 엄마구나 싶었어요.

입은 거칠지만 아이를 소중히 여기는 마음과 넉넉한 품이 느껴졌어요. 잠들기 전 그 장면을 떠올리고는, 아차 그걸 깜박하고 있었네, 하고 그렸습니다.

라면집에서
사탕을 받은 아이의
행복한 얼굴.

믿을 수 있는 게
있다면 분명
이런 것이리라.

라면집에서 사탕을 받은 아이의 거짓 없이 행복한 얼굴. 세상에 믿을 수 있는 게 있다면, 분명 이런 것일 테죠.

어느 라면집에 갔을 때 일이에요. 제 앞에 줄 서 있던 가족도 저희와 마찬가지로 아이가 있었는데, 그 아이는 마지막에 사탕을 받는다는 걸 몰랐나 봐요. 그래서인지 사탕을 받자 세상을 다 얻은 것처럼 방그레 웃더군요. 그 얼굴이 어찌나 귀엽던지요.

세상에 믿을 수 있는 게 있다면 이런 웃는 얼굴이겠구나 싶더군요. 사탕 하나만으로도 활짝 웃을 수 있는 얼굴 말입니다.

어른들은 행복해지려면 적어도 10~20만 원은 필요하지 않나요? 학교에 다닐 땐 2만 원만 있어도 행복해질 수 있었는데, 어른이 된 후로 행복의 인플레이션이 일어난 거죠. 똑같은 기쁨을 얻는 데 더 많은 돈이 필요해진 거예요.

그런데 이 아이는 사탕 하나에 진심으로 웃을 수 있어요. 난 이런 걸 잃어버렸구나, 싶었습니다.

푼 짱이
여기 깔렸는데?

괜찮아.

푼 짱은
아픈 거
엄청 좋아해.

둘째 아이에게 거북 인형을 사줬더니 푼 짱이라는 이름을 지어주더군요. 당연히 금세 싫증을 냈죠. 아무렇게나 처박아둔 채로 다른 걸 하면서 노는데, 가만 보니 푼 짱이 뭔가에 깔린 거예요.

그렇게나 갖고 싶다기에 사준 건데 내팽개치나 싶어, "푼 짱이 여기 깔렸는데?"라고 했더니, "괜찮아. 푼 짱은 아픈 거 엄청 좋아해."라나요.

그 설정, 참 깜찍하지 않습니까?

이야기를 순식간에 자기 편한 대로 만들어버린 거죠.

아이의 민첩함은 어른도 입이 딱 벌어질 정도! 순발력에 깜짝 놀랐습니다.

제가 2층에서 내려와, 아이 옆에 앉아 "자는구나. 어쩐지 조용하더라니." 하고 얼굴을 들여다보았더니, 한쪽 눈을 빼꼼 뜨고 저를 쳐다보고 있는 거예요!

잠이 깼는데도 계속 자는 척하면서, 내가 잠자는 사이에 무슨 일이 일어나는지 볼 테야, 라는 마음이겠죠. 그걸 탐구심이라고 해야 하나요, 염탐이라고 해야 하나요.

그래, 나도 그랬지. 어린 시절의 저를 떠올리면서 그렸답니다. 자신은 보고 있지만, 보고 있다는 걸 상대는 알아차리지 못하는 짜릿짜릿함이랄까요.

그걸 맛봤던 거죠.

쪼그만 아이는 양쪽에서 손을 잡힌 순간, 제대로 걷지 않는다는 법칙.

체중을 온전히 맡긴 채로 갑자기 질질 끌려가는 모양새가 됩니다. 제대로 걸어야지, 라고 타일러도 아이는 질질 끌려 갈 뿐 제대로 걸으려 하지 않아요.

나도 어릴 때 양쪽에서 부모님이 손을 잡아주면 신났었지, 대롱대롱 매달리고 싶었지. 그렇게 옛 생각이 나더군요.

한 손만 잡고 갈 때는 잘 걷는데, 두 손 다 잡아주는 순간 뭔가 이벤트가 돼버리는 장면입니다.

아무것도
없네.

특별할 것도
없어!

하루는 공원에 아이를 데리고 갔습니다. 그런데 그 공원에 놀이기구가 하나도 없는 거예요. 놀이기구가 없으면 심심하잖아요. 그래서 "아무것도 없네."라고 했더니, "특별할 것도 없어!"라면서 발끈하지 뭡니까.

아무것도, 란 말에 반응한 겁니다. '별로 특별할 것도 없다.'라는 말을 어디선가 듣고, 그 쓰임새는 모르지만 한번 써 보고 싶었던 거죠.

아무것도 없는 게 특별하진 않은 거라고. 그 점을 어렴풋 이해했던 걸까요.

많이
흔들리네.

아빠
흔들림 타?

한번은 아이와 같이 배를 탔습니다. 배가 꽤 흔들리기에 "많이 흔들리네."라고 했더니, 글쎄 옆에서 아이가 "아빠 흔들림 타?" 하고 묻지 뭡니까.

제가 평소에 추위를 많이 타, 무서움을 타, 라는 말을 잘 썼던 거죠.

이 나이쯤 되는 아이들은 역시 재미있습니다.

더러워지면
씻고
더러워지면
또 씻고.

그래서 느낌 좋은
사람이 되어라!

더러워지면 씻고, 더러워지면 또 씻어라. 그래서 느낌 좋은 사람이 되어라! 이건 어른이 된 젊은이들에게 보내는 메시지입니다. 더러워지면 씻으면 되잖아, 그런 비슷한 위로의 말이라고 보시면 됩니다.

저는 한때, 저러면 더러워질 텐데, 때 묻을 텐데, 싶어서 움츠러들었던 적이 있었습니다. 그럴 때마다 저 자신에게 씻으면 되잖아, 라고 말해줬죠. 그때의 기억을 떠올려봤어요. 이렇게 맘씨 좋아 보이는 아주머니에게 그 말을 듣는다면 좀 안심이 되지 않을까 싶어서 그렸답니다.

더러워지면 씻고, 더러워지면 또 씻고 하다 보면 점점 좋은 느낌으로 변해가지 않을까. 좋은 느낌은 더러워지고 씻는 과정을 되풀이하지 않으면 나오지 않는단다. 빈티지 물건 같은 사람이 되어라, 그런 의미입니다.

더러워지면 씻고 더러워지면 또 씻고. 그래서 느낌 좋은 사람이 되어라.

마음에 쏙 드는데,
너무너무 좋은데
더러워질까 봐
한 번도 쓰지 못했던,

그런 것들

마음에 쏙 드는데, 너무너무 좋은데, 더러워질까 봐 한 번도 쓰지 못했던 그런 물건들.

너무나 소중하면 가까이할 수 없다고 해야 하나, 함께할 수 없을 것 같다고 해야 하나……. 아무튼 그런 구석이 있지 않습니까?

책 중에도 말이죠, 재미는 있지만 그저 그런 책은 여러 번 읽어서 너덜너덜해지지만, 자신이 아주 큰 영향을 받은 책은 쉬이 읽지 못한 채로 내내 책장에 고이 모셔져 있는 경우가 있지 않나요?

책의 입장에서는 어느 쪽이 더 좋을까, 더 행복할까 생각해보게 되는데요. 왠지 그저 그런 쪽이 책 주인과 더 가까이에 있게 되는 아이러니.

자신을 너무나 좋아해주거나 끔찍이 아껴주는 상대에게는 가까이 다가가지 못하잖아요. 어찌 보면 소중히 여김을 받는 것도 불행하다는 생각이 들더군요.

마음에 쏙 들고, 무척이나 좋은데 때가 탈까 봐 한 번도 쓰
지 못했던 것들. 세상엔 그런 것들로 가득하지 않을까요.

장난감 같은 것도 그런 경우가 있습니다.

아이로서는 너무나 소중해서 가지고 놀지 못하는 거죠. 하
지만, 큰맘 먹고 사줬더니 왜 안 가지고 노는 거야! 그런 잔
소리를 부모한테 듣게 됩니다. 그럼 아이는 아냐 그런 게 아
니야, 라고 반박하게 되고요. 살다 보면 이렇게 서로 핀트가
어긋나는 일도 있단 생각을 해봤습니다.

야구 배트를 예로 들어볼게요. 사자마자 바로 쓰는 아이도
있고, 반짝반짝해서 한 번이라도 치면 공 자국 나는 게 싫어
서 쓰지 못하는 아이도 있습니다.

이건 지인 이야기인데요, 그분은 누가 물건을 사주면 소중
히 다루고 싶은 마음에 첫 흠집이 생길까 봐 무척 신경이 곤
두선다고 합니다. 하지만 일단 한 번 흠집이 나면 애착이 확
생기면서 '이건 내 거야!'라는 생각이 든다더군요. 자, 이제

부터 조금씩 흠집을 내가면서 함께하자는, 함께 걸어가자는 각오가 생긴다는데요. 과연. 고개가 끄덕여지더군요.

새것은 흠집이 생길 때까지 마음 놓고 막 쓸 수가 없습니다. 물건에 대해서도, 사람에 대해서도 말이죠. 그런 가치관의 흐름이 재미있었습니다.

너무
별거 아니라서
말하지 않는 것.
너무나 소중해서
말하지 못하는 것.

그런 것에
말을 붙이고 싶다.

너무 별것 아니라서 말하지 않는 것, 너무나 소중해서 말하지 못하는 것, 그런 것에 말을 붙여보고 싶어요. 아하, 지금 진행 중인 그림책 작업이 어쩌면 그런 것이겠군요. 요즘 시도 때도 없이 하는 생각입니다.

이 그림은 설탕 단지인데, 딱히 의미는 없습니다. 말이 먼저 떠올랐고, 뭔가 그려둬야 할 것 같기에 어떻게든 받아들일 수 있고, 어떻게 해도 받아들일 수 없는 그림을 그릴 요량으로 스케치한 거예요.

너무 별일 아니라서 굳이 말하지 않는 것과 너무나 소중해서 말하지 못하는 일이 세상에는 가득합니다. 내게는 그 양쪽에 하나하나 정중히 말을 붙여 나가는 작업이 즐거운 게 아닌가, 내가 그림책에서 보여주고 싶은 건 결국 그러한 작업이 아닌가 싶었죠.

일반적으로 소비되고 주고받는 말 이외에도 언어화되지 않은 것이 있습니다. 언어화할 가치가 없다고 치부되는 것과 두려워서 언어화하지 못하는 것, 이 둘을 잘 탐색해보면 아직

언어로 표현되지 않은 부분도 많이 있을 테고, 어쩌면 작가
님들이 하는 일이란 게 거기에 조심스레 조금씩 말을 붙여 나
가는 작업이 아닐까 생각했던 거죠. 그런 것을 그림책으로 만
들면 좋겠다고 생각했다는, 그런 이야기입니다.

　이 그림에서는 '말'이라고 했지만 그림이나 그 밖의 다른
표현 방법도 있겠죠. 표현되지 않은 것, 표현할 가치가 없다
고 치부되는 것에 말이든 그림이든 제대로 정착시켜 나가는
작업이 표현의 일부가 아닐까 싶었던 겁니다.

어쩌다 많은 눈이 내린 다음 날,
아직 아무도 밟지 않은 곳을
발견한 설렘,
그 비슷한 것이기도 합니다.

와!
내가 제일 먼저
밟아도 돼!?

네. 요시타케 신스케입니다.

스르르—

앞에서
스케치를 계속하는 이유가
두 가지 있다고 말했습니다.

이제 그 두 번째 이유를 말씀드리자면,
바로 '내 기분을 끌어올리기 위해서'
입니다.

1.

저는 매사에 걱정이
많은 사람이어서
쉽게 불안해질뿐더러
슬픈 뉴스 같은 것에도 약합니다.
저와 상관없는 일에도 쉽게
침울해지지요.

저도 모르게
좋은 일에도 나쁜 일에도
상상력이란 걸
발휘해버리는 겁니다.

2.

그러나 그리 살다 보면 사회인으로서 감당하기 힘든 부분도
많이 있으므로 늘 '자신을 격려해줄' 필요가 있답니다.

여러분 중에
누구,

제게 격려가 될
짤막한 이야기를 가지고 계신 분,
안 계신가요?

3.

"세상에는 뜻대로 되지 않는 일도, 슬픈 일도 많지만, 잘 찾아봐요.
생각하기에 따라서는 주변에서 일어나는 별것 아닌 일들에
얼마든지 즐거워할 수 있지 않을까요."

"세상은 아직 살만하다니까요."라고 말입니다.

사소한 일에
의기소침해지지만,

사소한 일에
위로받습니다.

4.

내버려 두면 기분이 점점 가라앉는데,
스케치하면서 저 자신을 격려하다 보면
어느새 0의 지점으로 돌아옵니다.

플러스

0

마이너스

5.

"재미난 생각을 많이 하니까 매일매일 즐겁지?"
라고 하시는 분도 있는데요.
실상은 그 반대여서,

'다 틀렸어.'라고
자포자기하기 일쑤랍니다.
그래서 더 치열하게
즐겁고 재미난 생각을
계속해야 한답니다.

아, 그래서
행복할 때는
스케치가 안 됐던
거구나.

내 말이.

6.

다시 말해, 이 스케치들은
나 자신을 즐겁게 하기 위한 기록이며,

정신 건강상 필요한 재활 훈련 같은 것이기도 합니다.

남을 위해
그린 것이 아니므로

'재밌네요.'라는 말을
들을 때면
정말로 깜짝
놀라곤 한답니다.

그러므로 앞으로 그림 일을 의뢰받지 못한다 해도
저는 이 메모장을
손에서 놓지 못할 게 분명합니다.

헐, 말도 안 돼! 이 아저씨는
그렇게 약한 척하면서
속으로는 '잘돼서 인기 얻고 싶다.'
라고 생각할걸!

우히히. 어때,
성가신 사람이지?

완전
재수 없어.

자, 3장에서는
한층 더 성가시다 싶으실 겁니다.

제3장

졸릴 때까지 생각한 생각들

할 수 없는 것을
할 수 없는 채로
하는 것이
일

이제부터는 여러분과 함께 좀 더 깊이 생각해보자는 의미에서, 먼저 일에 대해 말해보겠습니다.

'할 수 없는 것을 할 수 없는 채로 하는 게 일이다.' 이 말에는 엄청난 반론이 있지 않을까 싶습니다.

할 수 없는 것을 할 수 있도록 하는 게 일이라고 말하는 사람이 많은 것 같긴 합니다만.

예컨대 작가의 경우는 자신이 할 수 없는 것을 하나의 강점으로 여기는 부분도 아마 있을 테니까요. 다시 말해, 할 수 없는 것을 할 수 없는 그대로 둬야만 자신의 작가성 같은 것이 유지되지 않을까 싶은 거죠. 이 그림은 잠시 그런 생각을 하다가 그린 겁니다.

뭐든 할 수 있도록 하는 게 아니라 할 수 없다는 단점을 어떻게 장점으로 바꿀 것인가. 저는 그 점이 의외로 누구에게나 중요하지 않을까 싶어요.

할 수 없는 것을 할 수 없는 그대로, 라는 말은 요컨대 자신에게 없는 것을 찾지 않고 가지고 있는 것을 연마한다, 뭐 그 비슷한 의미라고 생각하시면 됩니다.

저에게는 그림 채색 작업이 아주 고역입니다. 그걸 참으면서 꾸역꾸역해오던 시절이 있었죠. 그런데 채색 작업을 남에게 맡긴 후로는 다른 일에 집중할 수 있게 되었습니다. 모든 일이 수월해지더군요. 이런 경험을 하고 보니까, 저는 할 수 없는 것은 할 수 없는 그대로 둬도 되지 않을까, 진심으로 그렇게 생각하게 된 것입니다.

자신이 할 수 없는 부분을 없애가며 할 수 있는 것을 늘리는 것이 일이라고 주장하는 사람도 있습니다. 하지만 굳이 그럴 필요 없이 할 수 없는 것을 그대로 두겠다고 각오를 다지는 사람, 어쩌면 그런 생각을 가진 사람도 있지 않을까요.

그렇게 생각한다면 굉장히 마음이 편해지는 사람이 많지 않을까 싶은데요. 모든 건 균형의 문제이니 딱 잘라 뭐라 말하기는 어렵겠지만요.

아내에게 반항할 수 없으니
그로 인해 할 수 있게 되는
다른 뭔가를,

와!!

반드시 찾아서
보여드리겠습니다!

당신 덕분에
나는 마침내
당신을
필요로 하지 않게 되었습니다.

그동안 참
고마웠습니다.

당신 덕분에, 저는 마침내 당신을 필요로 하지 않게 되었습니다. 그동안 참 고마웠습니다.

"이거, 부모님 이야기인가요?"라고 묻는 분이 있더군요. 그렇게 받아들일 수도 있겠구나 싶었습니다만, 아니에요. 제가 영향을 받은 작품 이야기랍니다.

중학교 시절, 제게 굉장히 큰 영향을 준 작품이 있었는데 그걸 오랜만에 다시 읽고는 '아, 이제 필요 없어.'라는 생각을 하면서 중얼거렸던 말입니다.

그 작품으로부터 엄청난 영향을 받았기에 지금의 제가 존재하는 것이지만, 한편으로 그 작품의 영향은 제 안에서 여러 가지로 발효되었고 취향 역시 다양하게 바뀌어왔으니까요. 과거의 저에게는 그 작품이 굉장히 중요했지만, 이제는 그 작품에 이렇게 말해야 할 것 같습니다.

"당신 덕분에, 이제 나는 당신이 없어도 괜찮아졌습니다."

감사의 말이죠.

다만 이렇게 말로 표현하고 보니까 확실히 부모 얘기로 받아들일 수 있겠다 싶긴 하군요. 아니면 남자친구나 여자친구 얘기 아니냐고 하는 사람도 있을지 모르겠습니다. 과거에 사귀었던 사람, 자신에게 영향을 끼쳤던 사람.

그들에게 이렇게 감사의 말을 하면 어떨까 싶군요.

"정말로 당신 덕분에, 이제 당신을 필요로 하지 않게 되었습니다. 분명 당신 덕분입니다. 그동안 정말 진심으로 고마웠습니다."

이는 성장했다는 하나의 증거가 아닐까요.

지금까지 가장 중요하게 여겼던 것이 필요 없어지는 순간, 그 헤어짐의 시기가 누구에게나 있습니다. 그걸 자각했을 때 마지막에 남는 건 역시 감사의 마음뿐이죠.

주어가 빠져 있어서, 주어를 빼놓고 그리지 않은 탓에 부모나 남자친구나 여자친구 이야기로 보인다는 지적을 들었

습니다. 덕분에 내 그림 그리는 버릇이 이렇구나, 라는 점도
잠깐 생각해봤습니다.

행복이란,
해야 할 일이
명료해지는 것.

좋아!
결정했어!

행복이란 것의 의미를 요모조모 생각해보다가, 뭔가가 명료해질 때, 뭔가를 결정한 순간이 가장 기쁘지 않을까, 하는 결론에 다다랐습니다.

오늘은 중화냉면 먹어야지! 라고 결정했을 때, 그때 가장 기분이 고조되지 않나요?

저에게 행복이란 해야 할 일이 명료해지는 것입니다. "좋아! 결정했어!" 하고 나직이 외치는, 그런 순간이라고 생각합니다.

그건 그렇고, 결정한 것을 하면 또 생각만큼 잘되지 않을 때도 있습니다. 그럴 땐 이렇게 하면 좋지 않을까, 하고 자기 안에서 어느 정도 방향이, 아니 확실히 각오가 된 순간이 가장 행복에 가까운 심리 상태가 아닐까요.

그렇다면 반대로, 어쩐지 행복하지 않다고 느껴질 때는 일단 무엇이든지 결정하는 편이 좋을 수도 있습니다. '저녁밥은 밖에서 먹는다!'만으로도 좋고 '좋아, 오늘은 중화요리다!'라는 결정만으로도 충분합니다.

그렇습니다. 무엇이든 간에 결정되지 않은 상태, '어쩌지, 이것도 못 하겠고 저것도 못 하겠는데.'라는 상태에서는 불안이 뒤따르죠.

그런데요, 저에게 젊음이란 그런 상태였습니다.

젊으니까 이것도 할 수 있고 저것도 할 수 있지 않을까, 장차 저런 사람이 되어야겠다고 맘먹으면 뭐 안 될 것도 없지. 이렇게 선택지가 아주 많을 때는 오히려 불행합니다. 어떡해야 하나 싶어 갈팡질팡하게 되니까요.

저것도 할 수 있고, 이것도 할 수 있게 되면 전부 다 해야 하는 건가 싶은 반발심과 더불어, 내 앞에 놓인 셀 수 없이 많은 가능성을 마주하는 게 괴로웠던 거죠, 제 경우엔.

그런데 나이가 들면서 다양한 경험이 쌓이자 생각이 조금씩 달라지더군요. 앞으로는 저건 무리일 테고, 이것도 못 하겠군. 그렇다면 난 결국 저것과 저것밖에 못 한다는 거잖아. 그럼 이것과 이것만 하면 된다는 거네. 그렇게 생각하자 엄청 위안이 됐습니다.

그래서 저에게 행복이란, 선택지를 강제로 줄이는 것이었어요. 이것과 이것은 더는 하지 않아도 되니까요. 저것도 못하니까요.

이건 무리다 싶고, 할 수 있는 일이 점점 줄어들 때.

난 이것과 이것만 할 수 있는 것으로도 괜찮아, 라는 생각에 이르렀을 때.

그제야 굉장히 행복해졌습니다.

뭐든 할 수 있는 젊은 시절의 원동력은 활력이나 생명력일 텐데요. 그것이 의욕으로 이어지는 사람도 있겠지만 저는 반대로 뭐든 할 수 있는 상태, 즉 가능성이 너무 많은 상태가 왠지 모르게 두려웠습니다.

당신은 어느 쪽인가요?

이 고독감은
분명 뭔가에
도움이 된다.

도움되지 않을 리
없지 않은가.
이토록
답답하고 울적한데.

앞서 했던 말과 표현만 다를 뿐 비슷한 느낌의 이야기예요.

이 고독감은 분명 어떤 식으로든 도움이 됩니다. 도움이 되지 않을 리 없죠. 이토록 답답하고 울적한데.

이건 제가 생각을 다루는 데 있어 가장 핵심이 되는 부분이에요. 내가 경험하는 모든 일은 어떤 형태로든 내게 피가 되고 살이 되리라는 일종의 신념이, 제게는 있습니다.

많은 것을 불신하는 저조차도 어쩐 일인지 이 믿음만큼은 처음부터 내 것이었던 듯이 자연스럽습니다. 그 믿음이 내일은 신선한 발상을 떠오르게 할지도 모른다는 기대감으로도 곧잘 이어지죠. 중요한 건 자신의 생각 하나로 어떤 일이든 그걸 유효하게 활용할 수 있다고 믿는 것입니다. 꼭 그렇게 할 수 있다고 믿는 거죠.

모든 경험은 다시 돌아옵니다. 아마도 인간의 마음은 그렇게 생각하도록 되어 있지 않을까 싶은데, 어떤가요?

어느 정도 나이가 들면 모두 말합니다. 많은 우여곡절이 있었지만 결국은 그 길을 지나오길 잘했다고 말이죠.

거기에 대해 좀 삐딱하게 생각하면, 20대를 완전히 헛된 시간이었노라고 말할 수는 없을 테니까요.

뭐, 이미 지나왔으니까요. 지나오는 과정 속에서 지금의 자신이 만들어졌으니까요. 인간이란 과거 자신이 해온 일들은 전부 자신에게 플러스가 됐다고 믿으려는 존재입니다.

자신의 인생이 헛되지 않았다고 생각하고 싶은 거죠.

저는 말입니다, 과거에 해온 일들이 도움이 된다고 믿고 싶어 하는 사람입니다. 그래서일까요, 무슨 일이든 도움이 되게 하겠다, 넘어져도 그냥은 일어나지 않겠다, 그런 오기 같은 것도 남보다 곱절이나 많습니다.

마찬가지로 고독감도 어떤 식으로든 제게 도움이 됩니다. 좀 더 단도직입적으로 말하면 일하는 데 도움이 됩니다. 열등감이나 시기심 같은 감정마저도 가능하다면 돈으로 환산해 보여줄 수 있을 정도로 제게는 못 말리는 자부심 같은 것이 있거든요.

하지만 기분이 답답하고 울적해지는 건 어쩔 수가 없습니다. 그 불안감을 '그래서 오늘은 하루 종일 침울했습니다.'라는 상태로 마치고 싶지 않은 거죠. 오늘은 침울했지만, 이런 감정을 예금으로, 포인트로 쌓아뒀다고 생각하려는 거죠. 내일 왕창 하겠다고 다짐하는 것입니다.

두세 달쯤 지나면 그렇게 묵혀둔 감정들은 잘 발효되어 근사한 아이디어가 될 거예요. 그래서 오늘은 아무 일도 하지 않아도, 이 답답하고 울적한 기분만으로도 뭔가 일을 했다고 할 수 있어요. 오늘 하루도 어떤 식으로든 내게 도움이 될 거다, 그렇게 생각하지 않으면 하루를 끝낼 수 없다는 단순한 이야기이기도 합니다.

나는
꼭두각시 인형.

누가 좀 조종해주지
않으려나.

나는 꼭두각시 인형. 누가 좀 조종해주지 않으려나. 이런 생각을 하는 사람, 꽤 있지 않을까요?

저는 옛날부터 그런 생각 정말 많이 했거든요.

누가 결정을 해주면 일이 잘되지 않더라도 남 탓으로 돌릴 수 있으니까요. 그런데 그 생각의 이면에는, 저 자신은 책임지고 싶지 않은 심리가 깔려 있는 거예요. 그래서 누가 결정해서 맡겨준 일은 열심히 하는 거죠.

자꾸 생각할수록 더더욱 결정하지 못하게 되는 경우, 있지 않나요?

저는 무슨 결정을 할 때, 모든 선택지의 좋은 점과 나쁜 점을 전부 목록으로 작성합니다. 그리고 각각의 총점을 계산하는데, 의외로 별 차이가 없었어요. 난감할 정도였죠. 이것도 다 운에 맡길 일인가 싶은 것이, 결국은 총점을 내더라도 쉽사리 결정할 수가 없더군요.

그러다 보니 점점 더 결정할 용기가 없어지고요.

마음 가는 대로 결정해버리고 나서도 그 총점 계산하기를 그만두지 못하더라고요. 그러니 평생을 선택에 진지하게 임하지 못하는 거죠. 그런데 말이에요, 외부의 누가 명령을 할 땐 거기에는 또 수긍을 잘하는 거예요. 누군가에게 떠넘길 수 있는 핑곗거리가 있을 땐 그것에 집중할 수 있습니다.

알고 지내는 편집자에게 듣고 깜짝 놀랐는데요, 사실 그런 류의 작가가 흔히 있다는 거예요. 부인이 매니저 역할을 한다더라고요. 이 일이 좋다, 이쪽은 안 된다, 그런 식으로 부인의 취향에 따라 일이 속속 결정되는 모양이더군요. 그렇게 보면, 사실 저도 작가 기질이 있는 사람이 아닐까 싶기도 합니다.

이를테면 소설에 삽화 몇 컷 그리는 일을 의뢰받을 때. 어디든 원하는 곳에, 요시타케 씨가 여기다 싶은 곳에 그림을 넣어주세요, 라는 식으로 의뢰해올 때가 있습니다.

조건 없이 전부 일임하는 의뢰를 받으면, '텍스트를 읽어보니, 여기, 여기 그리고 여기가 마음에 든다. 그러니 여기,

여기, 그리고 여기에 그림을 그리겠다.'며 작업을 시작하는 일러스트레이터도 있을 거라고 생각합니다.

하지만 저는 아닙니다. 되레 이렇게 부탁하죠.

"말씀하세요, 여기, 여기, 여기에 그림을 넣어달라고. 그리고 교정지에도 아예 그림이 들어갈 공간을 잡아주세요."

그야 뭐, 어느 장면에나 그림을 넣을 순 있습니다. 그림 그리는 일을 하는 사람이니 어디든 삽화 넣을 장면을 포착해낼 순 있으니까요.

하지만 완전히 저에게 맡겨버리면, 일단 텍스트 전체를 연구해야 합니다. 전체적으로 보면서, 거기서 어느 부분이 재미있는지 혼자만의 토너먼트 전을 거쳐야 하는 거죠.

이게 재미있군, 이건 재미없으니까 빼자, 그런 식으로 단지 세 컷을 그리기 위해 백 가지도 넘는 장면을 생각하는 과정을 거쳐야 하는 겁니다. 스스로도 굉장히 효율이 떨어진다 싶은 거죠. 그래서 말하는 겁니다.

"차라리 여기, 여기, 여기라고 정해주시죠. 그럼, 그 전후를 보고 거기에 적합한 가장 좋은 그림을 제안할 수 있어요."
라고 말이죠.

선택지가 좁으면 좁을수록 제 입장에서는 폭을 넓힐 수 있
으니까요.

그런 타입의 사람은 조건이나 과제가 많으면 많을수록 아
마도 결과물의 질은 높아질 것입니다. 그 조건을 충족시키려
면 어떻게 해야 하는가, 동시에 그 조건에 없는 것을 어떻게
담아내면 좋은가, 하는 점에 집중할 테니까요. 저도 그런 타
입입니다. 그러기에 편집자에게는 "조건을 다 말씀하세요,
그럼 최선을 다하겠습니다."라고 말합니다.

이런 부류의 사람이 지내는 일상은 어떨까요?

제 경우 거의 모든 결정을 아내에게 맡깁니다.

예컨대, 격식 차려야 할 장소에 갈 때의 옷차림이며 휴일
계획 같은 것들 말입니다. "외출할 거야." 아내가 그렇게 말
하면 저는 알았다고 대답하고 무작정 차에 탑니다. 솔직히 말

씀드리면 저는 핸들을 잡을 때까지 어디에 가는지 몰랐던 적도 많습니다.

 아무튼 저는 뭔가를 결정하는 게 싫습니다, 끔찍이도.

 그래서 텔레비전이나 스마트폰 게임이나 장기, 트럼프 카드 같은 걸 끔찍이 싫어합니다. 이것과 이것 중에 어느 것을 정해야 하나, 그런 선택의 연속이니까요. 다음에 버릴 걸 결정해야 하니까요. 그게 도무지 유쾌하지가 않아요.

 그보다는 이미 결정돼 있는 것을 한눈에 볼 수 있는 책이나 영화, 그리고 재생 버튼만 누르면 되는 것이 무척이나 좋습니다.

 다시 말해 외길이 좋다는 거죠. 소설이나 영화의 서사, 이야기는 재미도 있지만 외길을 가는 거잖아요. 도중에서 갈라지지 않으니 보는 사람에게 선택을 강요하지도 않아요.

 그래서 가는 길을 스스로 결정해야 하는 차 운전은 싫어합니다. 전철이 훨씬 좋아요. 이미 깔려 있는 레일 위를 달리

전철을 타도

'맞은편 자리가 더
경치가 예쁘지 않을까.'
하고 계속
안절부절못합니다.

는 전철을 아주 좋아합니다.

운전 중에 유일하게 좋은 건, 내비게이션이 '지금부터 5킬로미터 이상 똑바로 가는 구간입니다'라고 안내할 때. 5킬로미터 넘게 아무 생각 없이 쭉 가기만 하면 되니까요. 여러분도 마음이 놓이지 않나요?

저는 알아서 선택하라고 하면 선택을 하지 못합니다. 너무 귀찮아서요. 오늘은 이걸 먹읍시다, 그런 식으로 말해주는 걸 좋아해요. 뭐 먹고 싶으세요? 라고 물어오면 참 난감하니다. 뭐가 나와도 맛있게 잘 먹을 자신이 있거든요. 절대로 불평하지 않고요.

뭘 던져줘도 즐길 자신은 있습니다. 주어진 것을 즐기는 걸 좋아하니까요.

기본적으로 싸움도 하지 않습니다. 제 의견을 상대에게 들이대는 선택지 자체가 저에게는 없으니까요. 다만, 싸우지 않는다고 했다가 "그럼 요시타케 씨는 평화주의자군요."라는 말을 들은 적이 있는데요. 아니에요, 그렇지 않습니다. 전혀요. 저는 어쨌거나 분위기를 험악하게 만들고 싶지 않아서 남의 명령에 따를 뿐이랍니다.

그러니 만약 전쟁터에 나간다면, 적을 죽이라는 상관의 명령을 곧이곧대로 수행할지도 모릅니다.

전쟁이 끝나고 그 일로 추궁당할지라도 '난 모르는 일이야. 그건 명령이었어.'라고 생각할 겁니다. 아무리 참혹한 일로 자신의 손을 더럽힐지라도 '내가 결정한 게 아니야, 시켜서 한 것뿐이야, 그건 일이었어, 당시엔.' 그렇게 자신을 옹

호하려 들 것입니다. 제가 생각해도 정말 끔찍한데요, 저 같은 사람들이 의외로 많지 않을까요. 전쟁은 그래서 무서운 겁니다.

그런 이유로, 결정하기 좋아하는 사람과 함께 있으면 OK입니다. 아내는 결정하는 걸 좋아하는 사람이니까 그 점에서 보면 우리 부부는 궁합이 아주 잘 맞아요. 지금까지 줄곧 건성으로 대답하면서 중요한 결정을 아내에게 떠맡긴 채로 살아왔습니다. 건성 대답 인생.

분명 이런 삶의 방식에 대해 바람직하지 않다고 비난하는 사람도 있을 테죠. 제 경우는 누구에게 강요받은 게 아니라 스스로 마음 편히 살아가기 위해 그리된 겁니다. 자연스레 그렇게 진화해왔다고 생각해요. 아내에게 떠밀려서 억지로 하는 건 전혀 없고요. 결혼하고 나름 즐거운 일을 발견하게 되고, 아이가 생기니 또 그 나름으로 즐거움을 발견하며 살게 되더군요.

결국 이건 '저를 조종해 준다면 최고의 퍼포먼스를 보여드

릴게요.'라는 긍정적인 이야기인 거죠.

나는 꼭두각시 인형. 누가 좀 조종해주지 않으려나?

내가 하는 것, 선택하는 것,
보는 것, 듣는 것,
몸에서 일어나는 것,
그 모든 걸 '복권을 사고 있다.'라고
생각하면 되지 않을까.

장차 다른
어떤 큰 것이
될지도 모르니까.

내가 하는 것, 선택하는 것, 보는 것, 듣는 것, 몸에서 일어나는 것, 이 모든 걸 '복권을 사고 있다.'고 생각하면 되지 않을까. 현재의 상황들이 장차 다른 어떤 큰 무엇이 될지도 모른다고 생각한다면 어떨까.

그것이 불쾌한 경험인지 괴로운 경험인지 알 수 없지만 복권 비슷한 거라고 생각하면, 그것을 끌어안고 있는 의미를 발견할 수 있지 않을까.

아니, 좀 더 끌어안고 있게 될 수도 있으려나. 어쩌면 그 괴로운 경험이 무언가로 바뀔지도 모르니까.

그런 생각을 해봤습니다.

복권을 사는 사람들은 하나같이 돈을 시궁창에 버리는 게 아니라 꿈을 사는 거라고 말합니다. 복권 사는 사람들은 당연히 그런 논리를 펼치겠죠. 저도 백번 옳은 소리라고 생각합니다.

꿈을 사는 것이니만큼, 복권을 구입해서 가지고 있는 게 중요하지 당첨이 되고 안 되고는 크게 중요하지 않은 거죠. 그래도 어쩌면 당첨될 수도 있을 테니, 만약 당첨된다면 이것도 사고 저것도 사고, 누구누구에게 선물도 사줘야지, 하는 마음으로 돈을 지불하는 거죠.

그렇기 때문에 당첨되지 않더라도 구입한 본인은 불평하지 않는 겁니다. 그것까지 포함하여 돈을 낸 것이니까요.

이런 식으로 생각하면 세상 모든 일에 그리 불평할 필요가 없습니다. 인생을 복권이라 생각하고 살면 당첨되지 않아도 '어쩔 수 없지 뭐.'라고 웃어넘기면 그만이니까요.

인생에는 보이지 않는 번호가 매겨져 있습니다.

지금 하는 일이 어쩌면 다른 어떤 걸로 바뀔지도 모르고, 뭔가에 도움이 될지도 모릅니다. 내가 뭔가와 교환 가능한 것을 가지고 있다고 생각하는 건 그 자체로는 이익도 손해도 아니지만, 지금 빈손이 아니라 뭔가를 계속 손에 쥐고 있다고 생각하면 조금은 힘이 납니다.

마냥 괴로워만 하지 말고, 어쩌면 그것이 당첨 번호가 될지도 모른다고 생각하면 의외로 많은 일을 견뎌낼 수 있지 않을까요. 저는 그렇게 믿고 살아온 구석이 있답니다.

문제는 이 복권의 당첨 여부가 언제쯤 발표될지 모른다는 거죠. 어느 날 갑자기 당첨 번호가 결정됐다는 발표가 나고, 그 번호가 방송에 나올 수도 있다는 겁니다.

당첨되지 않은 줄 알았던 복권이 30년 후에 갑자기 '당첨됐습니다!'라는 소식을 들을 수도 있는 거죠. 그 복권에는 당첨 기한이 없으니까요.

자신의 삶에서 무엇이 당첨됐는지는 알 수 없지만, 당첨된 거나 다름없는 것은 분명 있습니다. 그리고 역시 그것은 자신의 인생에 헛되지 않았다고 나중에 생각합니다.

정말로 괴로웠던 추억은 아마도 10년, 20년은 걸리겠죠. 웃으며 이야기할 수 있게 되기까지 말이에요. 하지만 어제 있었던 불쾌한 일, 다음 주에 해야 할 싫은 일이 부담될 때는 이 복권 방식을 도입해보면 그럭저럭 헤쳐 나갈 수 있지 않을까, 그런 현실 극복법이랍니다.

결국 내가 하는 일이란 이런 것이구나, 생각했습니다.

근데
어떡하면 좋지?

좋아하는 일을
하면
되잖아?

　인생은 이 물음과 답의 무한 반복입니다.

　근데 어떡하면 좋지? 좋아하는 일을 하면 되잖아? 그러기 위해서는 어떡하면 좋지? 좋아하는 일을 하면 되잖아? 근데 어떡하면 좋지?

　머리가 빙글빙글 돌 정도로 고민하지만 끝내 선택하지 못하고, 결국은 당연한 듯이 내가 하고 싶은 거 하면 돼, 라고 생각하게 됩니다. 결국 하고 싶지 않은 일은 안 하면 돼, 내가 재미있게 할 수 있는 것만 열심히 하면 된다는 거죠.

그런 결론에 '맞아 맞아.'라고 수긍하면서, 그럼 지금 내가 선택할 수 있는 입장이니까 좋아하는 걸 선택하자고 다짐합니다. 순간 기분이 나아지죠.

그러고는 받은 메일을 열어보고, 아직 답장을 보내지 않은 몇 통을 다시 쭉 훑어봅니다.

아, 어느 걸 먼저 선택하지? 으음, 어떡하면 좋지.

또 그렇게 완전히 제자리로 돌아오는 겁니다.

저는 젊은 시절부터 이걸 되풀이하며 살아왔습니다.

사실 어떤 사람에게나 많든 적든 그런 면이 있지 않을까요? 젊은이들도 역시 마찬가지가 아닐까 싶은데요. 자신의 꿈을 생각할 때, 앞으로 어떡하면 좋을까, 좋아하는 걸 직업으로 삼으면 될 거 같은데……. 그런데 당장 내일부터 뭘 어떡해야 할까, 이런 생각의 연속일 겁니다.

결국 인생이란 이 물음과 대답 두 가지로 집약되는데, 정말이지 너무 노골적이어서 멋도 정취도 없습니다.

어지간히 비범한 사람이 아닌 한, 진심으로 좋아하는 일은 많지 않습니다.

보통은 누군가에게 칭찬을 받거나 우연히 잘되면 그걸 좋아하는 일이라고 믿게 됩니다. 그런데 그걸 자신의 삶에 어떻게 활용해야 할지를 모르니, 또 골치 아파질 수밖에요.

이 이야기는 제 방을 보고 생각한 거예요.

방이 너저분하더라고요. 아무리 시간이 지나도 도무지 깨끗이 정리되지 않는 겁니다.

그래서 이런저런 궁리를 한 끝에 청소법을 발명했죠.

아, 좋은 수가 떠올랐어! 일단, 가장 중요한 걸 버리는 거야. 그렇게 하면 방에 남아 있는 다른 물건들은 있어도 그만, 없어도 그만인 거지.

발명한 것까지는 좋았는데 다시 또 문제가 생겼어요. 중요한 건 방에서 불필요한 물건을 전부 버리면 산뜻해질 것 같은데, 그걸 골라낼 수 없다는 거였죠.

이것도 쓸지 모르고, 저것도 쓸지 모르는데, 어쩌지…….
그렇게 갈팡질팡하다가는 영영 물건을 버릴 수 없게 되고,
그럼 방은 계속 너저분한 채로 있는 겁니다.

그러니 가장 중요한 것을 먼저 버리고 나면 남아 있는 것
에 대해서는, 저것도 버렸는데 이걸 남겨둘 필요가 있을까?
라고 생각할 거고, 그럼 슬쩍 버릴 수 있지 않을까 싶었죠.

이 방법이 가장 좋다, 최고다! 싶었습니다.

그렇게 하면 방이 깔끔하게 정리될 거라 믿고, 다음 날 즉
시 이 방법대로 실행에 옮기기로 마음먹었어요. 그날은 일단
자고 말이죠.

다음 날 아침이 됐는데, '그런데, 가장 중요한 물건이 뭐
지?' 그런 생각이 들지 뭡니까. 결국은 가장 불필요한 걸 골
라내야 할 때와 똑같은 상황이 된 거죠.

가장 불필요한 것부터 버리는 게 안 된다면 가장 중요한
걸 먼저 버리면 돼, 그렇게 생각했지만 그 가장 중요한 것이

뭔지 그마저도 결정을 못 했던 겁니다.

그래서 제 방은 지금도 여전히 너저분하답니다.

젊은 시절,
별달리 일탈은
하지 않았다.

지금도 딱히 일탈하는 일 없고,
앞으로도 하지 않을 게
분명하다.

젊은 시절, 별달리 일탈은 하지 않았습니다. 지금도 딱히 일탈하는 일 없고, 앞으로도 하지 않을 게 분명하고요.

세상 많은 사람이 이렇게 살지 않을까요.

저도 다를 바 없습니다.

결혼을 결심한다는 건, 상당한 용기가 필요하지 않습니까. 저는 결혼하기로 마음먹었을 때, 앞으로는 이런저런 일탈도 못 하겠네, 라고 생각했어요. 근데 그런 저 자신이 웃기더군요. 일탈 비슷한 것도 해본 적이 없었으니까요.

결혼하자는 말에 건성으로 대답하고 결혼했지만, 일탈 비슷한 것도 못 해본 주제에 결혼해서 할 수 없노라고 아쉬워하다니. 그런 저 자신이 우스꽝스러워서, 정기적으로 그 생각을 떠올려보곤 한답니다.

내가 할 수 없는 일이
점점 보이기 시작하는 것.

그건, 뭔가를
할 수 있게 됐다는
증거일지도 모릅니다.

저것도 못 해, 이것도, 이것도 못 한다고 생각한다는 건 그만큼 다른 어떤 것을 할 수 있게 됐다는 의미 아닐까요.

자신이 할 수 없는 것이 비로소 보이기 시작했고, 알게 됐다고들 합니다. 그거야말로 어른의 알아차림이죠.

점점 자신이 할 수 없는 일이 보인다는 것. 그거야말로 뭔가를 할 수 있게 됐다는 증거일지도 모를 일입니다.

이른바
남녀 사이

텔레비전인지 라디오에서 딱 그 한마디만 흘러나오더군요. 쥐뿔도 모르는 주제에 '호오, 이른바 남녀 사이라⋯⋯.' 라고 생각했죠.

이른바 남녀 사이, 그 말이 제 마음을 끌었고, 어떤 그림을 붙이면 재미있을까 생각하면서 그려봤습니다.

'아아⋯⋯.' 하고 생각하는, 바로 그 느낌이죠.

어떤 사이인데? 라고 묻는다면, 의미하는 바는 하나뿐이지만 일본어의 재미라고 해야 할까요. 알쏭달쏭하지만 알쏭달쏭하지 않은 느낌이 나쁘지 않아요.

저는 확실하게 표현하지 않는 그런 말들을 좋아해서 꽤 시시콜콜 반응합니다. 네, 은어 좋아합니다.

아무리 나이가 들어도
그 옛날, 그때의 내 편이 되어
이해해주고 싶어요.

이것은 말 그대로입니다.

만일
그렇게 된다면,

그렇게 될 일을
만들어내면
그만이지.

만일 그렇게 된다면, 그런 일을 만들어내면 그만이지. 이런 생각은 저에게는 굉장히 큰 테마입니다.

비슷한 예를 들어볼까요. 운동회 전날, 아이가 달리기에서 실수할까 봐 걱정할 때 '만일 꼴찌를 한다면 꼴찌 깃발을 뽑으면 그만인 거야. 현실을 있는 그대로 받아들이면 된단다.' 그렇게 말해주고 싶은 마음은 굴뚝같지만 차마 그 말을 못 해서 아이의 불안을 잠재워주지 못합니다.

옆의 그림은 어른이 아이를 안고 있는 모습입니다. 육아를 소재로 유쾌하고 유머러스한 연재를 한다고 가정해보죠. 그런데 만일, 그리는 도중에 아이가 죽는 불상사가 생긴다면 연재를 계속할 수 없게 되겠죠.

내가 하고자 하는 일이 어떤 불가항력에 의해 확 바뀌어버린다면 그때는 어떻게 하나, 저는 늘 그런 불안에 시달린답니다.

매사에 걱정이 많은 타입이라 내일 일어날지 모르는 일에 대해 늘 두려움을 안고 삽니다. 그런 저 자신에게 그렇게 매일 두려워해 봐야 뾰족한 수가 없어, 라고 지극히 당연한 말을 들려주기 위해 그린 한 컷입니다.

만일 그런 일이 생긴다고 해도 그때 그 상황에 할 수 있는 것만 하면 돼, 그렇게 될 것들을 만들어내면 그만이야. 저 자신에게 들려주는 말입니다. 쉬운 일은 아니지만, 혹시 병에 걸렸다면 그걸 고칠 수 있는 약을 먹으면 되는 거다, 그리 생각하면 마음이 조금 편해지거든요.

누구에게나 내일의 변화에 대한 두려움은 있습니다. 변화할 각오가 되어 있지 않을 수도 있겠죠. 아니면 변하고 싶지는 않은데 아직 뾰족한 수가 없을 수도 있고요. 하지만 변화는 어김없이 찾아오는 법이죠.

그렇다면 변화를 마주하는 방법, 즉 내가 어떻게 생각해야 그 변화를 받아들일 수 있을까를 고민하게 되는데요. 그렇게 바뀌게 된다면 그에 적합한 상황을 만들어내면 그만이지, 라는 하나의 표현에 다다른 것입니다.

지극히 당연한 데다 지나치게 돌직구적인 표현이고 써놓

고 보면 고작 두세 줄이지만, 생각을 하고 나니 마음이 좀 편해지더군요.

다른 사람이 하지 못하는 것에
바짝 다가가기란 무척 어렵다.

사람의 고민이란, 괴로움이란,
결국 그런 게 아닐까.

자신이 하고 싶은 일을 할 수 없는 건 별 고민이 아닐 겁니다. 아마도 자기 일이니만큼 어떻게든 스스로 알아서 할 수 있고, 목표도 알아서 재설정할 수 있으니까요.

그런데 말이죠. 내 옆에 있는 사람이 어떤 일을 좀 할 수 있었으면 좋겠는데 하지 못할 때가 있습니다. 그때는 상대와 어떻게 그 일을 함께해 나갈까, 하는 점이 가장 어려운 문제입니다.

다른 사람이 하지 못하는 것에 바짝 다가가기란 무척 어렵습니다. 결국 우리 인간은 그로 인해 고민하고 괴로워하는 게 아닐까요. '고민'이라고 이름 붙은 것의 태반은 거기에 원인이 있지 않을까요.

그런데요, 곁에 자신이 어찌 해볼 도리가 없는 존재가 있다면 그 존재를 자신이 감당해야 하는 어려움도 있습니다.

부모들은 그와 같은 문제를 해결하는 데 감각이 있죠. 육아가 바로 그런 경험이기도 하고요.

왜 우리 아이는 툭하면 남을 때릴까……. 나 같으면 절대하지 않을 행동을 내 아이가 하는 걸 보면 고민될 수밖에요.

그런데 말이죠. 자식이 완전히 타인이란 걸 알면서도 부모이기 때문에 거듭거듭 말하지 않으면 안 되는 거예요. 아이는 듣지 않는데, 그래도 입이 닳도록 말을 해야 하니 그야말로 부모에게는 고민이 아닐 수 없겠죠.

부모도 그렇습니다. 가령 치매로 많은 것을 할 수 없게 된 경우, 아무리 지적을 해도 같은 실수를 또 하고 또 하고 그러잖아요. 그렇게 말했는데도 왜 또 일을 저질러버리는 걸까 싶으면, 욱하고 치밀어 오르죠. 자신과 가까운 사람일수록 '하지 못하는 것'을 더 용납하지 못한다고 할까요.

마찬가지로 부부 사이도 그래요. 이 사람은 왜 나를 소중히 여기지 않는 건가, 싶어 발끈할 때가 있습니다. '너는 왜 그걸 못 해!'라는 불만이, 사람으로 하여금 고민하고 괴로워하게 하는 가장 근본적인 원인이 아닌가 싶었던 겁니다.

다시 말해, 상대가 하지 못하는 것에 바짝 다가가는 것이 아마도 사람으로서 가장 어려운 일이 아닐까 하고 생각했던 거죠. 뜻대로 되지 않는 타인과 뜻대로 되지 않는 자기 자신.
어느 쪽이든 힘들긴 마찬가지입니다.

안절부절못하면
신진대사가 활발해져서
몸에 좋다고!!

'안절부절 건강법'이다!!
봐! 좀 보라고! 젠장!!

사방 3미터에서
일어나는 일을

사방 3센티미터 종이에
기록할 수 있다면
만족스러운 거죠.

사방 3미터에서 일어나는 일을 사방 3센티미터의 종이에 기록할 수 있다면 만족스러운 거죠.

지금의 제가 그렇고, 앞으로도 그러하면 좋겠습니다.

세상 모든 일은
졸리기 전까지

매일같이 꾸물꾸물, 꾸물꾸물 그런 생각을 하다 보면 어느덧 졸음이 옵니다. 그럼 '아, 이제 자야겠군. 오늘은 이만 끝.' 그런 느낌으로 살고 있습니다.

세상을 살다 보면 별의별 일이 다 있지만, 잠이 들면 그걸로 1회분이 끝납니다.

그러니 그 어떤 일도 어차피 잠들기 전까지의 이야기라고 생각하면 마음이 좀 편해지는 거죠. 하룻밤 자고 나면 상황이 꽤 달라지니까요. 모든 일이 말이에요.

그래서 세상 모든 일은 졸리기 전까지의 공회전이나 같은 거구나, 라고 생각한 거죠.

쿠울——

쿠우 · · · · ·

· · · 기분 좋게 자다가,

새벽녘에 소변이 마려워
잠이 깨는 나이.

제가
할 수 있는 건
제안 정도입니다.

책으로 만들 수 있는 것이라든가 표현할 만한 것은 사실 여기까지밖에 없다, 라는 아주 노골적인 말입니다. '그다음은 알아서 하세요.'라는 의미이니까요. 하지만 이런 지나치게 노골적인 말을 어떻게 좀 재미있게 할 순 없을까 싶어 늘 고민하고 있죠.

제가 할 수 있는 건 여기까지입니다.

이야기를 마치며

자, 어땠나요?
중년 남성의 끝없는
변명과 강변과 억지.

하아 ——

다시 읽을 때마다
부끄러워서
땅속으로 푹 꺼지고
싶은 심정이랍니다.

돌이킬 수 없어 ——。

1.

그러나 내용은 제쳐두더라도,
내가 재미있다고 생각한 것을 어떤 형태로든 기록하여 남긴다는 건
여러모로 편리하므로 추천합니다.

녹음으로

시로

스케치로

유성점토로

SNS로

사진으로

2.

한 가지 재미있는 건, 방법에 따라
기록할 수 있는 재미의 깊이가
달라진다는 것입니다.

젠장···
저 재미난 헤어스타일을
스케치로 어떻게 다 표현해···

저건
'사진파'의 몫이군···

3.

어떤 형식으로든 기록을 시작하면 자신의 방법 외에도
재미있는 것이 세상에 많다는 게 보이기 시작합니다.

나는 '스케치파'라서,

스케치했을 때
가장 재미있는 걸
찾습니다.

끝까지
함께해주셔서

진심으로
고맙습니다.

그러면 남에게, 자신에게, 세상에,
조금은 따뜻해질 수 있지 않을까 싶습니다.

4.

그런데, 저는
별로 열심히
하고 싶지 않습니다.

여러분도
열심히 하지 않으면
좋으련만!

나도 모르게 생각한 생각들

1판 1쇄 발행 | 2020. 12. 15.
1판 4쇄 발행 | 2022. 1. 11.

요시타케 신스케 지음 | 고향옥 옮김

발행처 김영사 | 발행인 고세규
편집 이혜재 | 디자인 윤소라
등록번호 제 406-2003-036호 | 등록일자 1979. 5. 17.
주소 경기도 파주시 문발로 197 (우10881)
전화 마케팅부 031-955-3100 | 편집부 031-955-3113~20 | 팩스 031-955-3111

값은 표지에 있습니다.
ISBN 978-89-349-9259-2 03830

좋은 독자가 좋은 책을 만듭니다. 김영사는 독자 여러분의 의견에 항상 귀 기울이고 있습니다.
전자우편 book@gimmyoung.com | 홈페이지 www.gimmyoungjr.com

이 도서의 국립중앙도서관 출판시도서목록(CIP)은 서지정보유통지원시스템
홈페이지(http://seoji.nl.go.kr)와 국가자료공동목록시스템(http://www.nl.go.kr/kolisnet)에서
이용하실 수 있습니다. (CIP제어번호 : CIP2020047753)

온다는 앞선 감성을 담은 김영사의 새 브랜드입니다.